Vente du Samedi 4 Mars 1893

(HOTEL DROUOT)

SUITES

DE VIGNETTES

POUR L'ILLUSTRATION

DES LIVRES DES XVIIIᵉ ET XIXᵉ SIÈCLES

COMPOSANT LA

COLLECTION DE M. D. H.

(TROISIÈME PARTIE)

PARIS

THÉOPHILE BELIN, LIBRAIRE

29, QUAI VOLTAIRE, 29

1893

CATALOGUE

DE

SUITES DE VIGNETTES

CONDITIONS DE LA VENTE

———

Elle sera faite au comptant.

Les acquéreurs paieront 5 0/0 en sus des enchères applicables aux frais.

M. Théophile BELIN se réserve la faculté de réunir ou de diviser les lots.

———

Les vignettes pourront être examinées à la Librairie THÉOPHILE BELIN du 20 au 24 Février.

SUITES

DE VIGNETTES

POUR L'ILLUSTRATION

DES LIVRES DES XVIIIᵉ ET XIXᵉ SIÈCLES

COMPOSANT LA

COLLECTION DE M. D. H.

(TROISIÈME PARTIE)

Dont la vente aura lieu, le Samedi 4 Mars 1893

HOTEL DES COMMISSAIRES-PRISEURS, RUE DROUOT, 9

SALLE Nᵒ 7. AU PREMIER

Par le ministère de Mᵉ **MAURICE DELESTRE**, commissaire-priseur

27, RUE DROUOT

PARIS

THÉOPHILE BELIN, LIBRAIRE

29, QUAI VOLTAIRE, 29

—

1893

DÉSIGNATION

ARIOSTE.

1. *Roland furieux*. Suite complète de quarante-six figures in-4 de Cochin, Eisen, gravées par Choffard, de Ghendt. etc. — Épreuves à toutes marges pour l'édition de 1773.

2. Trente-cinq pièces in-4 de Cochin, Eisen, gravées par de Ghendt, Choffard. etc., pour l'édition de 1773.

ARNAULD (*Contes*).

3. Quatorze figures in-8 de Marillier gravées par Halbou, Launay, de Ghendt. etc. — Épreuves avec marges.

4. Quatre dessins originaux de Le Barbier pour les épreuves du *Sentiment*.

BEAUMARCHAIS.

5. Suite complète de cinq pièces grand in-8. d'après les dessins de Saint-Quentin, pour la *Folle Journée*.

6. Sept gravures d'après les dessins de Duvivier, in-12. pour la Bibliothèque française de Ménard et Desenne. Belles épreuves avant la lettre. — On a ajouté trois portraits de Beaumarchais par Cochin, Desenne. — Ensemble, dix pièces.

BERNARDIN DE SAINT-PIERRE.

7. Huit eaux-fortes, épreuves avant toute lettre, pour illustrer *Paul et Virginie*, dessinées et gravées par Lalauze. — Épreuves sur papier de Chine. Tirage spécial fait pour M. Conquet.

8. Huit eaux-fortes de Lalauze, épreuves d'artiste, avant la lettre, sur papier de Hollande. — Deux épreuves doubles en premier état. — Soit dix pièces.

9. La même suite sur papier de Chine avec la lettre.

10. Quatorze vignettes d'après Gérard, Moreau, Girodet, Isabey, Lafitte, Johannot, pour *Paul et Virginie*. — Plusieurs de ces pièces sont avant la lettre et à l'état d'eau-forte.

11. Suite de neuf vignettes de Corbould pour l'édition de Lefèvre, 1829. — Plusieurs doubles. — Soit en tout dix-sept pièces.

12. Sept eaux-fortes dessinées et gravées par Hédouin. *Paris, Lemerre*, 1879. — Épreuves sur papier de Chine avant la lettre, tirées in-4.

La même suite sur papier de Chine avec la lettre.

13. Suite complète de six eaux-fortes de Laguillermie. — Épreuves sur papier de Chine avant la lettre (publication de Jouaust).

14. Suite de seize gravures in-8 et un portrait, d'après Lafitte, Moreau, Girodet, Vernet, Prud'hon, Isabey et Desenne, pour les œuvres publiées par Mequignon-Marvis, 1818. — Belles épreuves avant la lettre. On a ajouté deux épreuves à l'eau-forte et une avant la lettre double.

15. Vingt pièces de diverses suites pour *Paul et Virginie*, par Lafitte, Moreau, Prud'hon. Épreuves avant la lettre, sur papier de Chine ou à l'état d'eaux-fortes. — Sept vignettes d'après Desenne pour *Paul et Virginie*. Épreuves sur papier de Chine avant la lettre. — Ensemble, vingt-huit pièces.

16. Six eaux-fortes d'après Prud'hon, gravées par Boilvin.

17. Tirage à part sur papier de Chine volant in-folio des bois de l'édition Curmer. Vingt-neuf pièces avec marges. — Le portrait de Mme Curmer également sur papier de Chine en deux états. — Portraits gravés sur acier. Sept pièces sur papier de Chine avant la lettre. — Ensemble, trente-huit pièces. — Très rare.

18. Collection complète de onze gravures in-8, d'après Corbould, pour les œuvres. *Paris, Lequien*, 1830. Épreuves sur papier de Chine. — La même suite sur papier blanc. On a ajouté cinq gravures de Corbould, in-18, pour une édition donnée par Lefèvre. — Superbes épreuves en deux états. avant la lettre sur papier de Chine et à l'état d'eaux-fortes.

19. Sept eaux-fortes dessinées et gravées par Hédouin. — Épreuves sur papier de Chine avant la lettre. Tirage in-4.

20. Suite de un portrait, de six vignettes et trois culs-de-lampe de Corbould. Épreuves sur papier de Chine avant la lettre. — La même suite sur papier de Chine, également. Épreuves à l'état d'eau-forte. — On a ajouté cinq figures de Westall pour l'édition de 1829. — Ensemble, vingt-cinq pièces.

21. Suite de huit illustrations in-4 en couleur par Carpentier pour *Paul et Virginie*.

22. Quatre illustrations coloriées par Dutailly pour *Paul et Virginie*.

23. Portraits de *Paul* et de *Virginie*, par T. Johannot, pour l'édition Curmer. Épreuves sur papier de Chine avant la lettre. — On a ajouté trois portraits par Lafitte, Desenne. Épreuves avant la lettre sur papier de Chine et sur papier blanc.

BÉRANGER.

24. Suite de cent trois vignettes in-8 sur papier de Chine, d'après Charlet, Lemud, Johannot, Raffet.

25. Suite complète de un portrait et cent trois vignettes gravés sur acier, d'après les dessins de T. Johannot, Charlet, Granville, H. Monnier. — Épreuves avec marges.

26. Suite de vingt-deux gravures d'après Charlet, Lemud, Johannot. Dernière collection publiée par Perrotin. — Superbes épreuves sur papier de Chine avant la lettre.

27. Frontispice par Lemud, sur papier de Chine, avant la lettre.

BERNARD.

28. Titre, frontispice et trois figures par Martini, gravés par Baquoy, pour *l'Art d'aimer*. — Quatre figures par Eisen, pour *Phrosine et Mélidor*. Épreuves à toutes marges. — On a ajouté le portrait de Bernard, gravé par Delvaux : deux exemplaires et quatre figures séparées. — Ensemble, quatorze pièces.

28 *bis*. Neuf dessins par Adam et Levasseur.

BERQUIN.

29. *Idylles.* Suite complète de 19 figures de Borel, gravées par Delignon, Duprécl, Longueil, etc., pour l'é-
dition de 1787. — Superbes épreuves avant les numéros. On a ajouté l'eau-forte pour le frontispice.

BITAUBÉ.

30. Douze pièces de Martinet, gravées par Duprécl, pour
Joseph. — Épreuves avant la lettre.

BOCCACE.

31. Suite de cent six figures de Gravelot pour l'édition
de 1757.

32. Suite de trente-deux figures sur papier de Chine, par
T. Johannot, édition Barbier. — Suite de quinze
figures de Gravelot, édition 1757. — Huit figures
de Marillier, publiées par Duprat en 1802. — Ensemble, cinquante-cinq pièces.

33. Suite complète de vingt figures de Rogier pour les
Contes de Bocace.

33 *bis* Suite de dix-neuf figures, même suite que la pré-
cédente.

BOILEAU.

34. Treize gravures in-8 d'après Carle et Horace Vernet,
Hersent, Bergeret, pour l'édition de Blaise, dont
trois portraits. — Épreuves avec la lettre grise. On
a ajouté neuf gravures in-4, dont un portrait, d'a-
près les dessins de Monsiau pour l'édition de Crape-
let, 1798. — Ensemble, vingt-deux pièces.

35. Suite complète de un portrait et six figures de Desenne pour le *Lutrin*. Épreuves sur papier de Chine
avant la lettre. — On a ajouté quatre figures à l'état
d'eaux-fortes. — Ensemble, onze pièces.

36. Suite de douze eaux-fortes, dont deux portraits,
Louis XIV et *Boileau*, d'après Vernet, Hersent, etc.
— Très rares épreuves à l'état d'eaux-fortes.

37. Huit gravures in-12 d'après Choquet, publiées dans la
Bibliothèque française. — Épreuves avant la lettre.

38. Trois portraits d'après Odieuvre, Rigaud.

39. Neuf gravures in-8 en travers de Fortin, pour l'édition
Didot in-folio. — Épreuves avant la lettre et avant
le texte au verso.

40. Sept gravures in-8, dont un portrait, publiés par Renouard, d'après Moreau. — Deux épreuves avant la
lettre, très rares. — Ensemble, neuf pièces.

BOREL.

41. Trente-trois pièces pour *Berquin*, les romans de La
Place, *Aventures de Télémaque*, *Tom Jones*. — Plusieurs avant la lettre.

BOSSUET.

42. Suite complète de trente-sept portraits et vignettes
pour les *Oraisons* de Bossuet, Fléchier, Bourdaloue.
Paris, Janet, 1820. — Superbes et très rares épreuves
sur papier de Chine in-folio, avant la lettre.

43. Suite de trente-sept portraits et vignettes pour les
Oraisons de Bossuet, Fléchier et Bourdaloue, *Paris,
Janet*, 1820. — Très rares épreuves à l'état d'eaux-

fortes sur papier de Chine. Plusieurs pièces sont doubles en différents états. Six pièces manquent pour que la suite soit complète.

44. Quatre pièces sur papier de Chine volant, par Foulquier, pour l'*Histoire universelle* (*édition Mame*).

BOUFFLERS.

45. Onze pièces in-8 par Marillier, gravées par Dupréel.

BRANTOME.

46. Suite complète de dix eaux-fortes de Champollion, d'après Pille, pour les *Dames galantes*. — Épreuves avant la lettre sur papier Whatman.

COOPER.

47. Suite complète de vingt-sept fleurons de Johannot. — Épreuves sur papier de Chine.

CAZOTTE.

48. Suite complète de douze charmantes figures de Lefèvre, gravées par Godefroy, pour *Ollivier*. — Superbes épreuves avant la lettre, tirées in-8.

CERVANTES (*Don Quichotte*).

49. Suite complète de huit figures gravées par Denon d'après Fragonard, en trois états : sur papier de Chine volant, sur papier blanc et sur papier de Hollande.

50. Suite complète de quinze gravures in-8 à l'eau-forte par G. Cruikshank. *Londres, Charles Tilt*, 1834.

51. Suite complète de vingt-quatre gravures in-18, d'après Lefebvre et Le Barbier.

52. Un portrait et dix figures de Charlet, plus trois eaux-fortes. On a ajouté : Suite de sept figures, épreuves d'artistes, pour l'édition Desoer. — Ensemble, dix-huit pièces.

53. Suite complète de seize figures in-12, dessinées par Desenne et gravées par Adam, pour l'édition Renouard. Superbes et très rares épreuves de graveur à l'état d'eaux-fortes tirées in-8. — La même suite. Belles épreuves avant la lettre sur papier blanc. — Ensemble, trente-deux pièces.

54. Suite de vingt-neuf figures de Ximenio, Navarro, gravées par Duflos pour l'édition de Madrid, 1798.

55. Suite de dix vignettes sur papier de Chine d'après Charlet. Suite complète, moins le portrait.

56. Suite de dix-neuf figures gravées en médaillon.

57. Suite complète de vingt-huit figures in-12, gravées par Michel Eben.

58. Suite complète de seize vignettes in-12 de Courtin. — Épreuves avant la lettre.

59. Suite complète de trente et une figures in-12 d'après Coypel, gravées par Brunet. — Épreuves avec marges.

60. Suite complète de vingt-quatre gravures in-18 d'après Lefebvre et Le Barbier.

61. Suite complète de cinq gravures de Devéria. — Épreuves avant la lettre sur papier de Chine. — Très rare.

CHOFFARD.

62. Titres et fleurons pour les *Métamorphoses d'Ovide*.
— Cinq pièces avant la lettre.

63. *Les Batailles du roi de Prusse*. Suite de un frontispice,
quatorze vignettes en-têtes et un cul-de-lampe dessinés et gravés par Choffard, 1780, in-4, en feuilles.
Très jolie suite. — Superbes épreuves d'artiste,
avant la lettre, à toutes marges. Ces vignettes ornent
les *Préjugés militaires* du prince de Ligne.

COCHIN.

64. Dix-sept vignettes pour l'*Histoire de France*, *Télémaque*, *Iconologie*, etc.

COLARDEAU.

65. *Le Temple de Gnide*. Suite de cinq figures de Monnet,
gravées par Baquoy, Helman et Ponce, 1772-1773.
— Épreuves avant la lettre.

CORNEILLE (PIERRE et THOMAS).

66. Suite complète de un portrait et quinze figures in-18
tirées in-12, publiée dans la Bibliothèque française.
— Épreuves avant la lettre.

67. Suite complète de trente-cinq gravures in-8 d'après
Gravelot, pour l'édition de 1764.

68. Suite de vingt-six figures in-8, d'après Moreau, Pru-
d'hon, dont les portraits de Pierre et Th. Corneille
gravés par Saint-Aubin pour l'édition Renouard,

1817. On a ajouté trente-sept pièces doubles avec la lettre et vingt épreuves avant la lettre. — Ensemble, quatre-vingt-trois pièces.

CRÉBILLON.

69. Suite complète de neuf figures, d'après Moreau, avant la lettre, et un portrait par Saint-Aubin pour les œuvres publiées par Renouard, 1818. — Superbes épreuves.

70. Suite complète de un portrait in-8 d'après de La Tour, gravé par Ingouf, et neuf belles figures par Marillier, gravées par Dambrun, Duponchel. — Belles épreuves avant la lettre.

71. Suite de cinq eaux-fortes de Moreau pour les Œuvres publiées par Renouard. 1818.— Superbes épreuves à toutes marges.

72. Suite complète de dix gravures in-8 de Peyron.

73. Suite complète de un portrait et six figures de Devéria. — Épreuves à l'état d'eau-forte. — La même suite sur papier de Chine avant la lettre. — Ensemble, quatorze pièces.

74. Suite complète de un portrait et neuf figures in-18 de Monnet. — Épreuves avant la lettre (le portrait est avec la lettre).

DELILLE.

75. Dix-huit gravures in-8, d'après Moreau, Desenne, Devéria, Gérard, Girodet, Westall, pour les œuvres publiées par Michaud, 1824. — Superbes épreuves avant la lettre sur papier de Chine, plus les seize

fleurons de titres dessinés par Desenne et gravés sur bois par Thompson. Épreuves sur papier de Chine volant.

DEMOUSTIER.

76. Suite complète de dix-huit gravures in-12 de Desenne, avant la lettre, pour la Bibliothèque française.

77. Quarante-quatre pièces in-8 de Moreau pour les *Lettres à Émilie*. — Épreuves avant la lettre, avec la lettre ou à l'état d'eaux-fortes.

DESFORGES.

78. *Le Poète*. Huit figures in-12, plus quatre gravures avant la lettre.

DESFRICHES.

79. Quatre pièces gravées par Cochin pour le *Journal d'un Voyage en Saintonge*.

DESHOULIÈRES (Mme).

80. Trois gravures in-18 de Marillier et un portrait par Rochart pour les Œuvres. — Rares épreuves avant la lettre.

DESTOUCHES.

81. Suite complète de onze vignettes in-12 pour les *Œuvres dramatiques*. — Épreuves avant la lettre.

DEVÉRIA.

82. Dessin in-12 à la sépia pour le *Paradis perdu*.

DIVERS.

83. Cent vingt pièces diverses des xviii° et xix° siècles. — Un grand nombre avant la lettre ou à l'état d'eau-forte.

84. Suite de quatorze épreuves d'artiste tirées sur papier de Chine pour la *Collection antique* publiée chez Quantin.

85. Lot de dix-neuf titres gravés par Patas, Scotin, Mathey, Ponce, etc. — Belles épreuves.

86. Vingt-trois portraits divers, par Cochin, Saint-Aubin, Desenne, Devéria, etc.

87. Quarante portraits anciens et modernes, gravés à l'eau-forte et avant la lettre, par Rops, Nanteuil, etc.

88. Frontispice par Queverdo, gravé par Dambrun ; portrait par Notté, gravé par Gaucher, et trois figures de Queverdo, gravées par Delignon et Gaucher, pour les *Charmes de l'enfance* et les *Plaisirs de l'amour maternel*, par L.-T. Jauffret. — Quatre figures de Monnet gravées par Huot, épreuves avant la lettre, une eau-forte pour *Zélomir*. — Deux gravures in-folio, d'après Prudhon, pour l'œuvre de Bernard. — Superbes épreuves avant la lettre. La figure de Phrosine et Mélidore gravée par Roger en trois états avec la lettre, avant la lettre et eau-forte. — Ensemble, quinze pièces.

89. Suite de trente-deux figures de Freudenberg pour l'*Heptaméron* de la Reine de Navarre. Édition de *Berne*, 1780. — Portrait ajouté.

90. Collection de cent soixante tirages à part, en-têtes et culs-de-lampe pour l'*Heptaméron* des Nouvelles de la Reine de Navarre. Réimpression de l'édition dite des Bibliophiles, réimprimée par Eudes en quatre volumes in-8. Paris, 1879. — Épreuves sur papier du Japon. Tirage à vingt exemplaires.

91. Onze vignettes gravées à l'eau-forte par Girardet pour l'*Heptaméron*.

92. Suite de quinze pièces eaux-fortes pures et épreuves d'essai par Lalauze, pour le *Faust*, édition Quantin, gr. in-8.

93. Soixante bois gravés par Meaulle pour illustrer le *Faust* de Gœthe. — Épreuves d'amateur sur papier du Japon, tirage à cinquante exemplaires. *Paris, Conquet*, 1880. — Épreuves sur papier in-4.

94. Deux pièces à l'eau-forte pour l'*Iconologie*, par Gravelot. — Portrait de Gœthe gravé par Bottinger. — Trois pièces diverses pour *Werther*. — Deux figures de Bergeret pour Grécourt. — Ensemble, huit pièces.

95. Portrait de Rabelais gravé à l'eau-forte par Wallot pour l'édition Dalibon.

96. Dix-neuf portraits pour les Petits Conteurs publiés par Quantin. Épreuves d'artistes sur papier grand in-8. — Frontispice de Lalauze pour la Du Barry, publié par le même éditeur. Épreuve en trois états avec les observations du graveur pour le tirage. — Ensemble, vingt-deux pièces. (Rare.)

97. Cinq eaux-fortes par Gery Bichard pour les Contes de Voisenon. *Paris, Quantin*, 1880, in-8. — Six eaux-fortes de Lepec pour les Contes de la Morlière. — Six eaux-fortes dessinées et gravées par Milius pour les

Contes de Crébillon fils. Six eaux-fortes de Mougin,
d'après Poirson, pour les Contes de Boufflers. — Six
eaux-fortes de Henriot, d'après Dubouchet, pour les
Contes de Caylus. — Ensemble, vingt-neuf pièces.

98. Eaux-fortes modernes, frontispices, billets d'invita-
tion, cartes d'adresses, etc. Vingt-six pièces. — Plusieurs en épreuves d'artistes avant la lettre.

99. Douze dessins de Cœuré. Sujets d'éventails.

100. Cent pièces diverses des xviiɪᵉ et xixᵉ siècles. — Un
grand nombre avant la lettre ou à l'état d'eaux-fortes.

101. Soixante-trois pièces diverses des xviiɪᵉ et xixᵉ siècles.
— Un grand nombre sont avant la lettre ou à l'état
d'eaux-fortes.

102. Cinquante portraits d'hommes célèbres, gravés par
Dieu, Saint-Aubin, Choffard, etc. — Plusieurs de
ces portraits sont avant la lettre ou à l'état d'eaux-
fortes.

103. Neuf eaux-fortes par Hédouin, pour différents ouvrages. — Épreuves d'artistes avant la lettre, toutes
signées : « *Très bien*, Hédouin. »

104. Lot de cent soixante pièces avant la lettre, sur papier
de Chine avec la lettre : eaux-fortes, portraits, etc.,
pour illustrer *Parny*, *Daphnis*, *Héro et Léandre*,
etc., par Desenne, Lefebvre, Larcher, Girodet,
Devéria, T. Johannot, etc.

105. Portraits pour illustrations, in-18 et in-8. Trente et une
pièces. — Plusieurs avant la lettre.

106. Portrait et six vignettes d'après Prud'hon pour
l'*Aminte*. — Trois vignettes de Marillier, gravées
par Launay, pour l'*Ane d'or d'Apulée*. — Portrait

et vingt et une gravures par Eisen, pour les *Métamorphoses d'Ovide*. — Portrait et quatre figures de
Marillier pour *Roland furieux*. — Portrait et six
figures non signées pour *Gresset*. — Portrait et
deux vignettes de Devéria pour *Piron*. — Trois
figures de Queverdo pour la *Religieuse*. — Épreuves
avec marges. — Ensemble, cinquante pièces.

107. Quarante portraits et personnages divers, vignettes
d'après Desenne, Devéria, etc., pour les œuvres de
Crébillon et autres. Beaucoup de ces pièces sont
sur papier de Chine avant la lettre.

108. Sept culs-de-lampe (tirage à part) de Choffard pour le
Desormeaux, *Histoire de la Maison de Bourbon*. —
Dix-huit figures d'après Moreau, Desenne, pour
illustrer les *Fabliaux* publiés par Legrand d'Aussy,
édition Renouard, 1829. — Ensemble, vingt-cinq
pièces.

109. Dix-huit portraits de Petitot, pour les *Émaux*. —
Épreuves avant la lettre. Trois sont avec les noms
des graveurs et deux à l'état d'eaux-fortes.

110. Vingt-cinq portraits de femmes célèbres : Mmes de Pom-
padour, Du Barry, Marie-Antoinette, Charlotte Cor-
day, Mme de La Vallière, etc., gravés par de Launay,
Bovinet, etc.

111. Lot de trente dessins originaux de Duvivier, Leroy,
Colin, etc., pour Legouvé, Millevoye.

112. Neuf portraits de Mme Du Barry, gravés par Bovinet,
Le Beau, Bonneville.

113. Vingt-quatre eaux-fortes pour illustrer *Don Quichotte :*
seize pièces. — *Don Guzman d'Alfarache :* six pièces.
— *Lazarille :* deux pièces, dessinées et gravées pour

une édition anglaise par Ricardo de Los Rios. *Paris,
Rouquette*, 1880, in-fol. — Épreuves avant la lettre
sur papier du Japon.

DORAT.

114. Vingt et un culs-de-lampe de Marillier pour les *Fables*.
— Superbes épreuves des tirages à part de ces
magnifiques illustrations. Une épreuve est à l'état
d'eau-forte.

DUCLOS.

115. Suite de sept gravures in-8, d'après Desrais, pour les
Confessions du comte de ***. — Belles épreuves.

DUPLESSIS-BERTAUX

116. Suite de cent vignettes pour les *Petits conteurs*. Édition Cazin, tirage original. Très rares et superbes
épreuves avant la lettre non ébarbées, quelques-
unes remontées. — Superbe état.

117. Suite de quatre-vingt-neuf pièces de Duplessis-Bertaux pour les *Petits Conteurs ;* tirage hors texte de
Renouard avant la retouche des cuivres. — Vingt-
huit pièces sont des épreuves originales remontées.

118. Dix pièces avant la lettre pour le Recueil de pièces
de théâtre.

EISEN (D'après).

119. Quarante-six vignettes et fleurons pour divers ouvrages. — Épreuves en différents états avec la
lettre, avant la lettre et eaux-fortes.

FÉNELON (*Télémaque*).

120. Suite complète de vingt-quatre figures in-18 de Lefèvre gravées par Dambrun. Portrait par Vivien. — Superbes épreuves avant la lettre et à toutes marges.

121. La même suite. — Belles épreuves avec la lettre.

122. Suite complète de vingt-cinq gravures in-18 de Lefèvre, dont un portrait gravé par Delvaux. — Superbes épreuves avant la lettre tirées in-8.

123. Suite complète de vingt-cinq gravures in-18 de Lefèvre, dont un portrait gravé par Delvaux. — Superbes épreuves avant la lettre tirées sur format in-8.

123 *bis*. La même suite avec la lettre.

124. Suite complète de vingt-quatre figures de Marillier in-8. — Tirage in-4.

125. Vingt-quatre figures in-8 de Marillier, portrait par Hubert d'après Vivien. — Superbes épreuves avant la lettre à toutes marges.

126. Suite de vingt-six gravures in-8 de Moreau publiées par Renouard, dont un portrait par Delvaux. — Superbes épreuves, plusieurs doubles, plus cinq épreuves à l'état d'eau-forte, soit trente et une pièces.

127. Suite complète de vingt-six gravures in-8 de Moreau publiées par Renouard, dont un portrait gravé par Delvaux. — Très belles épreuves avec la lettre.

128. Cinq figures grand in-8 d'après Cochin, gravées par Launay. — Quelques-unes doubles en états différents.

C.

129. Suite de vingt-quatre figures in-8 gravées par Manceau. — Épreuves sur papier de Chine.

130. Suite de six figures de Stothard. — Suite de six figures de Debrie. — Ensemble, douze pièces.

131. Suite de un titre gravé, dix-huit figures de Monnet gravées par Tilliard et six sommaires des chants in-4. En feuilles.

FIELDING.

132. *Tom Jones*. Trois figures in-8 de Moreau pour l'édition de 1833. — Épreuves à l'état d'eau-forte.

FLAUBERT.

133. Suite complète de sept figures gravées à l'eau-forte par Boilvin, pour *Madame Bovary*. — Épreuves sur papier de Chine in-4, avant la lettre, avec la planche refusée.

133 *bis*. La même suite. — Même état sur papier de Hollande, avec la signature de l'artiste.

134. Sept eaux-fortes in-12 composées et gravées par Boilvin pour illustrer *Madame Bovary*.

FOE (DE) (*Robinson Crusoé*).

135. Trois titres gravés avec fleurons variés, portrait de D. de Foe gravé par Delvaux et dix-huit figures in-8 gravées par Delvaux, Delignon, Dupréel. — Superbes épreuves à toutes marges.

136. Suite complète de huit gravures in-8 d'après Fesquet. — Épreuves avant la lettre sur papier du Japon.

137. Vingt et une vignettes diverses par Marillier, Devéria, etc.

GALLAND.

138. Suite complète de six gravures d'après Westall pour les *Mille et une Nuits*, édition publiée par Galliot, 1822-1825. Épreuves sur papier de Chine avant la lettre. — Six pièces sur papier de Chine avant la lettre tirées des éditions Pourrat-Furne. — Trente-six pièces de Marillier. — Ensemble, quarante-huit pièces.

GESSNER (*Œuvres*).

139. Titres pour les tomes I et III et deux vignettes de Le Barbier pour l'édition in-4 (1784).

140. Trente vignettes de Moreau avant la lettre. — Grandes marges.

141. Suite complète de cinquante et une vignettes in-8 d'après Moreau, dont trois portraits. — Superbes épreuves sur grand papier.

GŒTHE.

142. Suites pour *Werther*, trois gravures in-8 de Moreau, édition de 1809. — Superbes épreuves avant la lettre avec marges.

142 *bis*.   La même suite avec la lettre. — Marges.

GRAVELOT.

143. Dix vignettes, fleurons et culs-de-lampe pour divers ouvrages du xviiiᵉ siècle. — Plusieurs sont tirés à part.

GRÉCOURT.

144. Suite complète de quatorze figures pour l'édition Cazin, réimpression de Leclerc. — Grandes marges.

145. Suite complète de quatorze figures non signées pour
l'édition Cazin, quatre volumes in-18, 1780.

GRESSET.

146. *Vert-vert*. Neuf pièces de Chauvet. — Avant la lettre.
Marges.

147. Suite complète de six gravures in-18 de Moreau, plus
le portrait gravé par Saint-Aubin pour l'édition
Saugrain. — Belles épreuves à grandes marges.

148. Suite de cinq figures in-8 d'après Moreau pour
l'édition des œuvres. Renouard, 1811. Épreuves
avant la lettre. — Quatre figures doubles avec la
lettre. — Ensemble, neuf pièces.

HAMILTON.

149. Douze pièces diverses pour les Contes par Moreau,
Marillier, etc.

150. Huit gravures in-12 de Choquet pour les Mémoires de
Grammont. — Belles épreuves avant la lettre.
Deux exemplaires.

151. Sept eaux-fortes par Chauvet pour les Mémoires de
Grammont. — Épreuves sur papier de Chine.

HÉNAULT.

152. *Nouvel abrégé chronologique de l'histoire de France.*
Paris. Prault, 1768. Titre gravé, trente culs-de-
lampe de Moreau et six vignettes de Cochin gravées
par Moreau. — Tirage à part.

HOMÉRE.

153. *Iliade.* Suite de vingt-quatre figures par Duvivier,
Moreau, Queverdo, Chasselat. — Épreuves grand
in-8, avant la lettre.

154. Suite complète de trois figures de Cochin gravées par Romanet, de Launay jeune et Gaucher, in-4. — Marges.

HUGO.

155. Album de vingt gravures in-8 par Neuville, pour les *Misérables*.

156. Treize pièces par V. Hugo, gravées par Chenay, plus un portrait gravé par le même d'après une photographie de 1857.

JAUFFRET.

157. Deux eaux-fortes de Monnet pour les *Charmes de l'enfance*.

LABORDE.

158. Sept figures de Moreau, Lebouteux, Le Barbier, pour les *Chansons* de Laborde. — Épreuves à l'eau-forte pure.

LA BRUYÈRE.

159. Suite complète de dix-huit eaux-fortes de Foulquier pour l'édition Mame. — Épreuves sur papier de Chine avant la lettre.

160. Portrait d'après Saint-Aubin. — Dessin au crayon noir. — Eau-forte. Épreuve avec la tablette blanche. — Épreuves avec la lettre. — Ensemble, quatre pièces.

161. Quinze figures sur bois pour l'édition Belin Le Prieur.

LA FONTAINE (*Fables*).

162. Suite complète de cinquante eaux-fortes gr. in-8 de Foulquier sur papier de Chine volant.

163. Suite complète de soixante vignettes de Desenne,
eaux-fortes en bistre, grand papier.

164. Suite de vingt figures in-8 coloriées, par H. Monnier.

165. Suite de deux cent soixante gravures in-8 pour l'édition de Leide 1784-1786, d'après les dessins d'Oudry, dessinés et gravés par Punt Delflos et Vinkelès.

166. Suite complète de soixante-douze réductions d'Oudry
gravée par Le Rat, Monziès, etc., publiée par Lemerre. — Épreuves in-8 sur papier de Chine avant
la lettre.

167. Suite de soixante-douze eaux-fortes par Delierre, pour
les Fables, édition Quantin. — Superbes épreuves
in-4 avant la lettre sur papier du Japon.

168. Suite de cinquante-neuf pièces in-8 de Desenne. —
Épreuves avant la lettre.

169. Suite de deux cent cinquante-cinq gravures in-8 de
Grandville. — Épreuves tirées sur papier de Chine.

170. Suite de onze eaux-fortes avant la lettre publiées
par Jouaust, d'après Flameng, Millet, Hédouin,
Laguillermie.

171. Suite complète de douze gravures in-8 de Bergeret
pour l'édition de Ch. Nodier. — Superbes épreuves
avant la lettre.

172. Douze gravures in-8 en travers, par Percier, pour l'édition in-fol. des Fables de La Fontaine de Didot.
— Superbes épreuves sur papier de Chine volant,
avant la lettre.

173. La même suite, papier de Hollande.

LA FONTAINE *(Contes)*.

174. Quatorze figures in-4, d'après Fragonard pour l'édition Didot.

175. Douze figures in-4, d'après Fragonard (Didot).

176. Cinquante-sept estampes in-fol. d'après Honoré Fragonard, gravées par Martial, publiées en dix livraisons. — Épreuves avec noms à la pointe sèche.

177. La même suite. — Épreuves terminées, avant la lettre (bistre).

178. La même suite. — Épreuves terminées, avant la lettre (noir).

179. La même suite. — Eaux-fortes pures.

180. Suite de vingt estampes d'après Fragonard (tirage moderne).

181. Six figures in-4, d'après Fragonard, planches complémentaires, plusieurs doubles. — Ensemble, seize pièces.

182. Suite de quarante-six culs-de-lampe tirés à part pour illustrer les Contes de La Fontaine, édition de 1764.

183. Soixante-quinze figures in-18 d'après Chasselat, Desenne, Monnet, pour l'édition Nepveu. — Épreuves avant la lettre.

184. Suite complète de un portrait et vingt-quatre charmantes figures in-18 de Desrais. — Superbes épreuves entièrement non rognées.

185. Réunion de trois cent soixante-quatre gravures in-18 de Desenne, édition Nepveu. — Épreuves en diffé-

rents états avant la lettre, eaux-fortes, fumés, retou-
chées, sur papiers de différentes couleurs, entièrement non rognées.

186. Suite complète de un portrait et soixante-quinze figures, par Desenne, Desrais, Duplessis-Bertaux,
etc., édition Nepveu, 1820.

187. Suite complète de quarante bois de Staal, tirés in-4.
sur papier de Chine.

188. Suite complète de quatre-vingt-quinze figures, de
Duplessis-Bertaux. Édition publiée par Leclere.

189. Cinq planches refusées pour l'édition de 1762. —
Épreuves avec marges.

190. Suite complète de neuf lithographies in-8 de Hersent, réduites par Chatillon. Neuf planches doubles.
— Ensemble, dix-huit pièces.

191. Neuf lithographies in-4 de Hersent. On a ajouté
quinze figures par Ducornet, etc., soit vingt-quatre
pièces.

192. Vingt et une lithographies in-4, d'après Devéria.

193. Six pièces in-fol. par Schall, gravées par Lindor de
Toulouse.

194. Portrait et vingt-cinq figures de Moreau, pour l'édition
de Lefèvre, 1814. — Épreuves avant la lettre;
manque le Lion et le Moucheron.

195. Portrait et vingt-deux figures de Moreau, pour l'édition 1822. — Épreuves avant la lettre; on a ajouté
six planches doubles à l'eau-forte pure.

196. Suite de quatre-vingt-deux figures et portraits, d'après
Moreau, Cochin, Gravelot, Lancret, Marillier, Desenne et autres. — Plusieurs sont avant la lettre.

197. Suite de onze gravures in-8, d'après Tony Johannot.
— Épreuves à l'état d'eau-forte.

198. Suite complète de vingt et une pièces in-18, d'après
Desenne, pour la Bibliothèque française. — Épreuves
avant la lettre, pièces doubles de la même collection,
même état. — Ensemble, quarante et une pièces.

199. Suite complète de treize gravures in-8, d'après Tony
Johannot, dont un portrait. — Épreuves avant la
lettre.

200. *Psyché et Adonis.* Suite complète de huit gravures
in-18 d'après Moreau et d'un portrait d'après Rigaud, gravés par Delvaux.

201. *Les amours de Psyché et de Cupidon*, avec le poème
d'Adonis, par La Fontaine. *Paris, Didot, an III*, in-4,
figures de Moreau le jeune. — En feuilles.

202. Trois figures de Moreau gravées par Dupréel, *Psyché*.
— Épreuves avant la lettre.

203. Suite d'un portrait d'après Rigaud et de six gravures
in-18, d'après Moreau. — Épreuves avant la lettre.

204. Douze pièces de Desenne, avant la lettre, pour *Psyché*
et le *Théâtre*.

LAMARTINE.

205. Six pièces in-18 de Johannot, etc. — Epreuves sur
papier de Chine avant la lettre. On a ajouté quatre
pièces à l'eau-forte pour le *Chant d'Amour*.

LE BARBIER (D'après).

206. Trente-six vignettes et fleurons pour *Gessner, Chansons de Piis*, les *Saisons, Chansons de Laborde*. —
Quelques-unes avant la lettre ou à l'état d'eau-forte.

LEGOUVÉ.

207. Œuvres. Réunion de vingt-huit pièces in-18 ou in-8,
d'après Moreau, Desenne, Devéria. — Épreuves
avant la lettre sur papier de Chine et à toutes
marges.

LENORMANT.

208. *Les Artistes contemporains.* (Salons de 1831-1833).
Titre et douze figures in-4 d'après Paul Delaroche,
Johannot, Scheffer, Rude, etc. — Couverture.

LESAGE (*Gil Blas*).

209. Suite complète de seize eaux-fortes in-12 de Monziès,
d'après Henri Pille, publiée par Lemerre.

210. Suite complète de seize eaux-fortes de Pille. — Épreuves
sur papier de Chine volant, avant la lettre.

211. Quatre-vingt-dix-neuf figures in-8 de Bornet pour
l'édition Didot, 1795. — On a ajouté vingt-deux
figures par Marillier. — Ensemble, cent vingt et
une pièces.

212. Vingt-quatre gravures in-18 de Devéria pour la Bibliothèque française. Rares épreuves avant la lettre
et la pagination dans le haut de la gravure. —
Double de la même suite, même condition : Quatre
figures de Desenne pour l'édition Lefèvre, 1820.
Eaux-fortes. — Deux figures de Devéria gravées à
l'eau-forte par Lefèvre. — Collection non terminée.
— Ensemble, cinquante-quatre pièces.

213. Suite complète de vingt-quatre gravures in-8 de
Smirke, publiées en 1809 pour une édition in-4. —
Papier blanc.

214. Suite complète des six figures de Chodowicki, plus
quatre figures de Chodowicki. — Tirages à part
avant toute lettre. Très rare.

215. Portrait d'après Duprcel. Épreuve avec la lettre et
épreuve avant la lettre. — Sept vignettes in-18 par
Chaillou. — Huit vignettes dont quatre fleurons de
titres. Édition Werdet. — Épreuves avant la lettre
sur papier de Chine. — Ensemble, seize pièces.

216. Suite complète de douze figures dessinées et gravées
par Ricardo de los Rios. — Épreuves avant la lettre
sur papier du Japon, in-4.

217. Quatre figures pour *Estevanille Gonzalez*, dessinées
et gravées par Ricardo de Los Rios. — Épreuves
avant la lettre sur papier du Japon.

218. Quatre figures pour le *Bachelier de Salamanque*, dessinées et gravées par Ricardo de los Rios. —Épreuves
avant la lettre sur papier du Japon, in-4.

219. Suite complète de neuf eaux-fortes par Monziès, d'a-
près H. Pille. — In-8 sur papier de Chine volant.
Épreuves avant la lettre.

220. Quatre figures dessinées et gravées par Ricardo de los
Rios pour le *Diable boiteux*. — Épreuves avant la
lettre sur papier du Japon in-4.

LONGUS (*Daphnis et Chloé*).

221. Suite complète d'un frontispice de Coypel et de vingt-
neuf figures du Régent (Philippe d'Orléans), gravées
par Vidal. — La 29ᵉ figure (petits pieds) est du
comte de Caylus.

222. Trente-deux pièces, dont un portrait in-8 pour l'édition Lemonnyer. Épreuves sur papier de Chine. — Quatre en-têtes tirés hors texte pour l'édition Jouaust. — Ensemble, trente-six pièces.

223. Trois gravures in-8 d'après Gérard, Albrier, Hersent et Prud'hon, publiées par Janet. — Très rares épreuves à l'eau-forte, plus quatre pièces doubles terminées avant la lettre sur papier de Chine et deux épreuves avec la lettre. — Ensemble, neuf pièces.

LUCRÈCE.

224. Suite complète d'un frontispice et de sept vignettes in-8 de Monnet. — Épreuves avant la lettre.

MAISTRE (DE).

225. Huit eaux-fortes gravées par Dupont.—Épreuves sur papier de Chine avant la lettre. Tirage in-4.

MARILLIER.

226. Soixante-huit vignettes pour les *Voyages imaginaires*, la *Sainte Bible*, *Idylles et Romances* de Berquin, *Théâtre du Monde*, *Iliade*, les *OEuvres* d'Arnaud.

MARMONTEL.

227. Onze figures in-8 d'après Moreau, pour les *Incas*.

228. Chefs-d'œuvre dramatiques. Figure, vignette et cul-de-lampe par Eisen. — Ces trois pièces sont tirées à part.

229. Cinq figures in-8 pour la *Neuvaine de Cythère*, pour l'édition Barraud. — Épreuves de graveurs.

MILLEVOYE.

230. Portrait et figures in-8 d'après Johannot et Devéria
pour illustrer les *OEuvres*. — Dix-huit pièces dont
onze avant la lettre ou à l'eau-forte pure.

231. Figure de Desenne, gravée par Coupé pour la *Chute
des feuilles*. — Eau-forte de Johannot pour le *Ma-
lade*. — Alfred, par Johannot. *Le Mancenillier*. —
Le même avant la lettre sur papier de Chine. —
Quatre figu.es de Devéria dont un portrait.
Épreuves à l'état d'eau-forte. — Ensemble, neuf
pièces.

MILTON.

232. Frontispice, portrait et treize vignettes d'après
Richter, pour illustrer le *Paradis perdu*.

MOLIÈRE.

233. Suite complète de douze eaux-fortes de Champollion,
pour *Psyché*, tragédie-ballet. Édition Jouaust,
in-4. — Très belles épreuves de graveurs en différents états, trente-six pièces. Très belle collection.

234. Suite de douze eaux-fortes de Desenne, in-8 pour
l'édition Lefèvre. — Une épreuve est double.

235. Vingt-sept portraits in-8 avant la lettre par Hille-
macher, pour sa Troupe de Molière, 1857. — Rare.

236. Suite complète de trente et une gravures d'après Moreau, dont un portrait de l'auteur, publiées par
Renouard. — Superbes épreuves avant la lettre,
remmargées sur papier in-4.

237. Suite complète de trente et une gravures, in-8 de
Moreau dont un portrait de l'auteur, publiée par
Renouard. — Belles épreuves.

238. Suite de dix figures in-4 de Riffaut, pour l'édition
Barba.

239. Suite complète de trente-trois eaux-fortes et un
portrait par Lalauze. Edimbourg, G. Paterson,
1878. — Épreuves avant la lettre sur papier de
Chine, tirées in-fol.

240. Suite complète de trente-trois figures et un portrait
in-fol. par Lalauze, pour l'édition de Paterson
d'Édimbourg. — Épreuves avant la lettre sur
papier Whatman.

241. Trente-trois estampes composées par F. Boucher, réduites et gravées à l'eau-forte par T. de Mare.
Paris, Lefilleul, 1881, in-4, en livr. dans un car-
ton. — Épreuves en noir sur papier de Hollande,
épreuves terminées : — Molière, d'après Boucher. — F. Boucher, d'après Cochin. — Laurent
Cars, d'après Cochin. — Deux fleurons de Boucher.
— Trente-trois figures, du même. — Ensemble,
trente-huit pièces.

242. Suite d'estampes des principaux sujets des Comédies
de Molière, d'après Charles Coypel, réduite et gravée par de Mare. *Paris, V° Lefilleul,* in-4, — en
feuilles.

243. Suite de trois portraits et trente-trois vignettes de
Moreau, pour l'édition de Bret, 1773. — Épreuves
modernes.

244. Vingt-neuf pièces in-8 de Moreau avant la lettre, en
divers états, pour illustrer le *Molière* édition Renouard. On a ajouté quatre pièces à l'eau-forte,
soit trente-trois figures.

245. Les Comédiennes de Molière. Dix planches gr. in-8 avant la lettre, par Hanriot.

246. Huit eaux-fortes in-4 inédites, par Martial, Vion, Lalauze, et autres publiées par Cadart. — Épreuves sur papier de Chine avant la lettre.

247. Suite complète de cinquante eaux-fortes de Foulquier pour l'édition de Mame. — Épreuves avant la lettre sur papier de Chine.

MONNET.

248. Vingt vignettes pour les Œuvres de Berquin, *Gil Blas*, *Héro et Léandre*, Parny, *Faublas*, Bitaubé. Plusieurs avant la lettre ou à l'état d'eaux-fortes.

MONTESQUIEU.

249. *Le Temple de Gnide*. Douze pièces d'après Regnault, Le Barbier, Monnet. — On a ajouté une eau-forte de Le Barbier pour *Arsace et Isménie*, édition de Didot an III.

250. Suite complète de quatorze gravures in-8. par Moreau, Peyron. Belles épreuves avant la lettre avec marges. — On a ajouté quatre pièces même suite in-4. — Ensemble, dix-huit pièces.

251. Trois gravures in-8, d'après Le Barbier et Choffard, pour *Arsace et Isménie*. — A cette suite sont ajoutées les deux pièces pour le même sujet de la collection in-18 publiée par Didot, an III.

MOREAU.

252. Cent trente et une vignettes pour différents ouvrages. Beaucoup de ces pièces sont avant la lettre ou à l'état d'eaux-fortes.

253. Fleurons, en-têtes et vignettes pour les Œuvres de Rousseau, Voltaire, Désormeaux. Sept pièces avant la lettre ou à l'état d'eaux-fortes.

254. Vingt-trois figures in-8 pour *Télemaque*, le *Nouveau Testament*, Crébillon, Demoustier, Racine, publiés par Renouard. — Épreuves avant la lettre.

MUSSET.

255. Quarante-deux eaux-fortes in-12 composées par Henri Pille et gravées par Monziès pour illustrer les Œuvres de Musset.

OVIDE.

256. *Métamorphoses. Paris,* 1767-1771. — Treize estampes. — Épreuves à l'état d'eaux-fortes.

257. *Métamorphoses. Paris,* 1767-1771. — Deux fleurons et cent quatre estampes avant la lettre.

258. *Métamorphoses. Paris,* 1767-1771. — Treize estampes doubles du numéro précédent. — Épreuves avant la lettre.

259. Dix-huit pièces pour les *Métamorphoses* d'Ovide, par Monsiau, pour l'édition de Villenave. — Épreuves avant la lettre.

PERRAULT.

260. Suite complète d'un portrait et onze eaux-fortes de Lalauze pour illustrer les Contes des fées. — 1er état, avec la signature de Lalauze, tirage in-4.

261. Suite complète de un portrait et onze eaux-fortes de Lalauze pour illustrer les Contes des fées. — Épreuves terminées avec les noms à la pointe et la signature de l'artiste.

262. Portrait et onze pièces de Lalauze pour l'illustration des Contes des fées.

263. Portrait par Tortebat, gravé par Hopwood. — Épreuve avec et avant la lettre. — Portrait et quatre figures sur papier de Chine pour les Contes des fées, édition de l'Imprimerie Impériale. — Seize eaux-fortes tirées en bistre pour l'édition Scheuring. — Ensemble, vingt-deux pièces.

PRÉVOST (*Manon Lescaut*).

264. Frontispice, portrait et dix vignettes, in-8 par Chauvet.

265. Suite complète de un portrait et cinq eaux-fortes, par Hédouin. — Épreuves sur papier Whatman.

266. Suite complète de deux faux-titres, portrait et dix-huit figures de T. Johannot, édition Bourdin.

267. Onze eaux-fortes par Flameng. *Paris, Quantin*, 1873. gr. in-8, papier de Hollande.

268. Eau-forte inédite de Jeauzon.

269. Neuf eaux-fortes par Monziès. — Épreuves sur papier de Chine avant la lettre, tirage gr. in-8.

270. Suite de cinq gravures in-18 de Lefèvre, gravées par Coiny pour l'édition de Didot 1797. — Superbes épreuves avant la lettre.

C.

271. Vingt et une pièces par Desenne, Marillier, etc.

272. Suite complète de un portrait et huit gravures de Lefebvre. — Tirage moderne, avant la lettre.

RABELAIS.

273. Œuvres. Suite complète des deux portraits et des dix
figures de Devéria pour l'édition Dalibon. — Superbes
dessins originaux. On a ajouté le dessin à la mine
de plomb du titre, qui a été gravé par Thouvenin
et apposé sur le dos des grands papiers.

274. Suite complète de douze gravures de Devéria pour
l'édition Dalibon. — Belles épreuves avant la lettre,
tirées in-4.

275. Suite complète de dix-sept figures sur acier, publiée
par Willem. — Épreuves sur papier Whatman.

276. Suite complète de dix eaux-fortes de Boilvin. —
1ᵉʳ état, avec la signature de l'artiste, tirage in-4
sur papier de Hollande.

RACINE.

277. Œuvres. Suite complète de quatorze gravures in-8, de
Gravelot, composée de douze sujets; un portrait de
Racine et un portrait de Corneille, gravés par Gaucher. Superbes épreuves avant la lettre. La gravure
de Phèdre, dans le premier état, est avec la lettre, et
Hippolyte a son épée au côté droit, tandis que dans
les épreuves avant la lettre de l'édition, l'épée est à
gauche; la figure et les bras sont entièrement chan-
gés. La gravure d'Athalie existe par deux graveurs
différents : l'une, par D. Née; l'autre, par Lingée.
— Notre suite renferme les deux états de ces deux
gravures.

278. Suite complète de un portrait par Gaucher, gravé par
Santerre, et de douze figures de Le Barbier, in-8,
gravées par Patas, Dambrun, Dupréel, Gaucher, etc.

279. Suite complète d'un portrait par Gaucher gravé par
Santerre et de douze figures de Le Barbier gravées
par Patas, Dambrun, etc. — Tirage moderne.

280. Treize gravures in-8 d'après Moreau, dont un portrait gravé par Dupréel, publiées en 1811 par Rey-
mond et Ménard.

281. Onze figures diverses, par Moreau, Marillier, Desenne. Épreuves avec et avant la lettre. Beau
portrait de Santerre gravé par Savart. — Douze
figures et un portrait d'après Moreau, publiés par
Renouard. — Portrait et douze figures de Desenne,
Chaudet, Devéria. — Ensemble, trente-sept pièces.

282. Suite complète de trois figures in-4 de Marillier, gravées par Dambrun pour *Esther*. — Belles épreuves
avant la lettre avec les cadres en premier état. (Très
rare.)

283. Suite complète de quarante-sept gravures à l'eau-forte
par Fouquier, pour l'édition de Mame. — Épreuves
avant la lettre tirées sur papier de Chine volant.

284. Treize figures in-12 de Desenne, gravées par Girardet
pour la Bibliothèque française. — Belles épreuves
avant la lettre. — La même suite avec la lettre
grise. — Ensemble, vingt-six pièces.

285. Quinze gravures in-8 d'après Garnier, dont trois portraits gravés par Saint-Aubin, pour l'édition de Le
Normant, 1808. — Rares épreuves avant la lettre,
plus les sept fleurons de titres gravés par Choffard
remontés. — In-8.

286. Collection complète de cinquante-sept gravures in-8
d'après Prud'hon, Gérard, Girodet, publiées par
Didot. — On a ajouté deux frontispices avant la
lettre.

REGNARD.

287. Œuvres. Suite complète d'un portrait et de huit figures
in-8 d'après Devéria. — Épreuves avant la lettre.

RÉVOLUTION.

288. Quarante pièces diverses par Duplessis-Bertaux, Fou-
quet, Moreau, Girardet, etc., dont plusieurs avant
la lettre ou à l'état d'eaux-fortes.

ROUSSEAU (J.-B.).

289. Suite complète de huit figures de Lafitte, plus trois
avant la lettre.

ROUSSEAU (J.-J.).

290. Vingt-cinq figures in-8 de Moreau, Marillier, Monnet,
pour l'illustration des Œuvres de Rousseau.

291. Quatre-vingt-quinze pièces par Moreau, Cochin, Le
Barbier, etc., pour l'illustration de Rousseau.

292. Œuvres. Soixante-six figures diverses par Moreau, Le
Barbier, Gravelot, Mayer, Johannot, Desenne, etc.

SCARRON.

293. *Roman comique*. Suite complète d'un portrait et de
plusieurs eaux-fortes d'après Pater et J. Dumont le
Romain, gravés par de Marc. — Épreuves avant
la lettre sur papier du Japon.

294. Dix-sept gravures in-8 avant la lettre, d'après Le
Barbier, pour le *Roman comique*. — Quatre de ces
pièces sont doubles.

W. SCOTT.

295. Suite complète de quatre-vingt-quatre fleurons dessinés et gravés par Johannot pour l'édition Gosselin.
— Sur papier de Chine et avant la lettre.

STERNE.

296. Six gravures in-8 d'après Stothard. — Épreuves sur
papier de Chine avec marges. — Portrait et deux
figures par Thomas pour le *Voyage sentimental*.

297. Portrait et cinq figures de Hédouin pour le *Voyage
sentimental*. — Épreuves avant la lettre sur papier
Whatman.

298. La même suite. même condition.

SWIFT.

299. Frontispice et neuf figures de Lefèvre in-12 gravés par
Masquelier. pour les *Voyages de Gulliver*. Didot,
1797. — Épreuves avec la légende en anglais et
grandes marges.

300. Frontispice et neuf figures de Lefèvre, gravés par
Masquelier pour les *Voyages de Gulliver*. Édition
de Didot, 1797. — Rares épreuves avant la lettre,
grandes marges.

301. Portrait et huit figures de Lalauze pour les *Voyages
de Gulliver*. — Épreuves d'artiste sur papier du
Japon signées par Lalauze.

TASSE.

302. Frontispice et quarante figures par Cochin gravés par
Dambrun, de Launay, pour illustrer la *Jérusalem
délivrée*, édition de 1784, in-4, cart.

THÉOCRITE.

303. Trois portraits, quatre vignettes, gravés à l'eau-forte
par Delignon, Girard, etc., pour l'illustration des
Idylles, édition Didot, an IV. — Épreuves avec
marges.

TRESSAN.

304. Treize figures de Moreau pour l'histoire du *Petit Jehan
de Saintré*. — Deux de ces épreuves sont avant la
lettre et une à l'état d'eau-forte.

305. Vingt gravures de Marillier numérotées de 1 à 20 ;
quatre gravures de Marillier, plus un portrait de
Tressan d'après Borel pour *Roland l'Amoureux*. —
Ensemble, vingt-cinq pièces de format in-4 à toutes
marges.

VADÉ.

306. Suite complète de quatre figures de Monsiau pour les
Œuvres poissardes, édition in-18, 1796. — Épreuves
avec marges. — Quatre vignettes pour la *Pipe
cassée* d'après Eisen, tirage in-8. — Portrait et
trois figures gravés par Macret. — Ensemble, douze
pièces.

VOLTAIRE.

307. *La Pucelle*. Suite complète de vingt-deux gravures in-18 de Duplessis-Bertaux pour l'édition Cazin. — Superbes épreuves tirées in-8. — On a ajouté les eaux-fortes pour les chants XIV et XX. — Très rare.

308. Suite complète de dix-huit figures et un frontispice de Marillier. Collection dite *Suite anglaise*, pour une édition de Genève en dix-huit chants. — Superbes épreuves in-8, entièrement non rognées.

309. Suite de vingt et une figures et quatre portraits d'après Moreau, pour l'édition de Kehl. — Exemplaire de 1er tirage.

310. Suite complète de un portrait et vingt et une figures de Moreau pour la *Pucelle*, édition Renouard.

311. Suite de vingt et une figures d'après Desenne, gravées par Vallot, Tony et Charles Johannot, etc. — Épreuves sur papier de Chine avant la lettre. — On a ajouté trois eaux-fortes de cette même suite.

312. Suite complète de deux portraits et vingt et une gravures in-4 de Monsiau et Marillier. — Tirage sur papier de Chine (tirage moderne).

313. *Henriade*. Suite complète de dix gravures in-18 d'après Xavier Leprince. — Très rares épreuves à l'état d'eau-forte.

La même suite avant la lettre.

314. *Henriade*. Suite de dix en-têtes d'Eisen gravés par de Longueil pour l'édition veuve Duchesne (imprimerie Barbou), vers 1770. Deux volumes in-8. — Superbes épreuves de graveur avant le texte au verso, à toutes marges.

315. Œuvres. Collection complète de soixante-dix sujets et dix portraits en pied, d'après les dessins de Desenne pour les Œuvres de Voltaire, édition Beuchot. — Très belle suite avant la lettre sur papier vélin.

316. Œuvres. Suite complète de cent treize vignettes d'après Moreau pour les Œuvres, édition Renouard. — Quarante-sept portraits gravés par Saint-Aubin et autres épreuves à toutes marges.

317. Œuvres. Trente-quatre vignettes diverses pour l'illustration des Romans, de la *Henriade*, de la *Pucelle*. — Beaucoup de ces pièces, dessinées ou gravées par Moreau, Monnet, Monsiau, Duplessis-Bertaux, sont avant la lettre ou à l'état d'eau-forte.

318. Œuvres. Suite complète de dix figures de Moreau pour la *Henriade* publiée par Renouard. Épreuves non rognées. — Quatre figures de Desenne également pour la *Henriade*. Épreuves à l'état d'eau-forte. — Portrait et onze eaux-fortes de Duplessis-Bertaux, pour les *Petits Conteurs*, édition Leclère. Tirage sur papier de Chine. — Douze figures d'après Moreau pour la *Pucelle* publiée par Renouard. Épreuves avant la lettre. — Trente et une figures de Moreau, pour le Théâtre. — Six pièces de Moreau pour les Contes. Épreuves de premier tirage in-4. — Ensemble, soixante-quinze pièces.

319. Œuvres. Portrait de Henri IV gravé par Saint-Aubin. Dix figures pour la *Henriade* et vingt et une figures pour la *Pucelle* édition Renouard. Tirage in-4. — Trente-deux pièces réunies en un volume demi-reliure.

320. Théâtre. Suite complète de quarante-quatre figures in-8 de Moreau, pour le Théâtre publié par Renouard. — Belles épreuves avec marges.

321. Romans et Contes. Suite de cinquante-six gravures in-8 de Monnet et Moreau pour les Romans et Contes, édition de Bouillon en trois volumes. — Très belle suite avant les numéros, à l'exception de dix pièces.

322. Romans. Neuf eaux-fortes de Laguillermie. — Épreuves d'artiste avec les noms à la pointe. Tirage in-folio sur papier Whatman.

Paris. — Typ. Chamerot et Renouard, 19, rue des Saints-Pères. — 29598

MIRE ISO N° 1
NF Z 43-007
AFNOR
Cedex 7 - 92080 PARIS-LA-DÉFENSE

37.9.98.70
graphicom